soc(q) $4.75
7

for 2010 class

tim

Collection dirigée par Nathalie Daladier
Coéditée par Gallimard Jeunesse et la SNCF

© SNCF/Éditions Gallimard Jeunesse, 2007,
pour le texte, les illustrations et les jeux

Alain Grousset

# Métalika

Illustrations de Matthieu Roussel

GALLIMARD JEUNESSE/SNCF

Du haut d'une estrade et devant une forêt de micros, un homme arborant de nombreuses décorations sur un costume gris tiré à quatre épingles, prit la parole :

— En tant que directeur de l'Académie spatiale, je suis fier de présenter devant cette noble assemblée « Cœurs d'étoiles », la toute nouvelle promotion des Cadets de l'espace. Ces jeunes pilotes, au terme d'une sélection rigoureuse, ont démontré leur capacité d'appartenir à l'élite spatiale de notre société. Désormais, ils intègrent de plein droit la Compagnie d'Exploration des Terres Lointaines. Dans quelques jours, ce sera à leur tour de partir dans l'espace afin de repousser toujours plus loin les limites de l'univers connu, comme l'ont fait des générations avant eux pour le bien de Métalika, notre planète. Gloire à eux ! Gloire à Métalika !

Une immense clameur s'éleva sur l'esplanade des cérémonies. La centaine de jeunes gens et de jeunes filles, jusque là parfaitement alignés dans leur costume vert bronze de pilotes, laissèrent éclater leur joie. Les Cadets de l'espace jetèrent leurs casques de vol en l'air, puis se congratulèrent chaleureusement avant de rejoindre leur famille parmi la foule des spectateurs.

Salma resta encore un moment, immobile. Elle semblait indifférente au tumulte qui l'environnait ; elle cherchait plutôt à retenir des larmes de bonheur. Elle avait réussi toutes les épreuves d'endurance physique, de connaissances cosmiques, de conduite extrême d'un vaisseau. Son rêve s'accomplissait : elle allait enfin parcourir l'espace. Salma dédia ce jour mémorable à ses parents disparus en mission lorsqu'elle avait dix ans. Elle était sûre qu'aujourd'hui ils étaient à ses côtés, très fiers de leur fille.

Une claque dans le dos la ramena soudain à la réalité.

− Alors, mademoiselle la pilote, on rêve ? fit Robin, son meilleur ami de promotion. Viens, je vais te présenter à ma famille.

Robin était issu d'une longue lignée de pilotes. Ses cheveux roux et son doux regard bleu clair, le distinguaient facilement des autres. Au fil du temps, une solide amitié les unissait, elle, l'orpheline, et lui, l'aîné d'une famille nombreuse, composée de deux sœurs et d'un petit frère. Depuis le temps que Robin parlait d'eux, Salma était impatiente de les connaître. Elle lui sourit et le suivit avec plaisir...

Sur Métalika, il y avait environ trois robots pour deux Humacs. La vie sans robots était inimaginable sur cette planète. Ils assuraient la plupart des tâches quotidiennes. Chaque Humac, à sa naissance, recevait un robot qui veillerait sur lui pendant toute son enfance, le protégerait en cas de besoin. Pendant toute la vie d'un Humac, ce robot resterait un compagnon précieux et indispensable. Jamais un Humac n'aurait eu un geste violent envers son robot, et vice versa.

Salma possédait bien sûr le sien qu'elle avait appelé Corvin. Ce matin-là, il la suivait pas à pas, lorsqu'elle arriva sur l'astroport. Elle rejoignit Robin, déjà arrivé en compagnie de son propre robot, Pirrhus.

— Alors, tu te sens prête à affronter le terrible vide de l'espace intergalactique ? lui demanda-t-il d'un air malicieux.

— Tu peux le dire. J'ai vraiment hâte de me mesurer aux conditions réelles de vol. Pendant notre instruction, nous n'avons guère dépassé notre système solaire, alors je ne rêve que d'hyperespace...

— Eh bien, vous allez être servie, jeune fille, fit une voix forte derrière Salma.

Elle se retourna et découvrit un homme à la carrure impressionnante. Menton carré relevé, torse bombé, il la toisait, les mains derrière le dos. Salma remarqua immédiatement les galons de capitaine qui ornaient ses épaulettes. Son costume gris bronze aux multiples poches et le sigle cousu sur sa poitrine représentant une planète barrée d'un vaisseau spatial ne laissaient place à aucun doute. Il s'agissait d'un pilote.

Salma se mit immédiatement au garde-à-vous.

—Salma Garett, Cadette de l'espace, promotion « Cœurs d'étoiles ».

—Robin Turner, Cadet de l'espace, promotion « Cœurs d'étoiles », à vos ordres, capitaine !

—Bien ! Repos ! Suivez-moi !

Salma et Robin, suivis de leurs robots, emboîtèrent le pas du capitaine. Ils traversèrent ainsi une bonne partie du tarmac pour rejoindre un vaisseau un peu à l'écart des autres. La rampe d'accès était ouverte et ils y grimpèrent aussitôt.

—Bienvenue à bord de l'*Apollonius*, un croiseur de classe II.

Salma et Robin, qui avaient appris à l'Académie à reconnaître tous les types de fusées employées dans l'espace, connaissaient ce vaisseau extrêmement maniable et rapide, capable de transporter une quinzaine d'hommes d'équipage, Humacs et robots. Pas plus. Habituellement, il opérait en éclaireur afin de détecter un éventuel danger tandis que le gros de la flotte d'exploration le suivait. Il était capable d'atterrir sur n'importe quelle planète et d'envoyer un premier rapport afin de déterminer si cette terre était digne d'intérêt ou non. Métalika recherchait toujours plus de minerai pour son immense consommation de métal nécessaire à l'extension de la gigantesque ville et à la construction des robots.

– Je suis Randall, votre nouveau capitaine, poursuivit l'homme. Vous allez faire vos premières armes avec moi pour une courte mission de surveillance du côté de la Grande Ceinture d'Astéroïdes.

Lorsque les turbines à photons furent allumées, l'*Apollonius* quitta Métalika pour

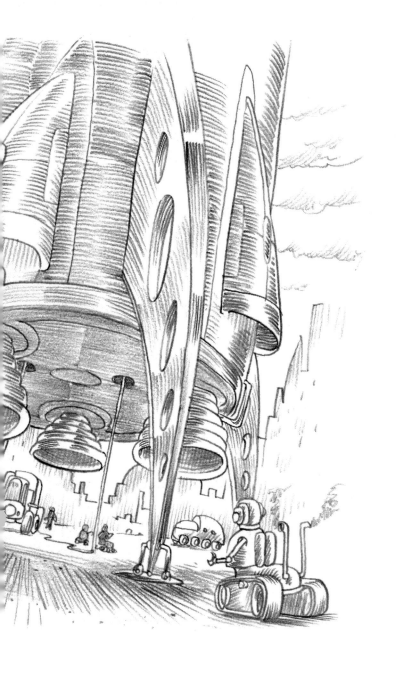

l'espace profond. Salma et Robin, aidés de leurs robots, étaient aux commandes sous l'œil attentif du capitaine. Une fois les limites du système solaire franchies, Salma enclencha la procédure du passage en hyperespace. Bien calée dans le fauteuil de pilotage, elle vit soudain les étoiles s'allonger en un long trait lumineux puis disparaître d'un coup. La soudaine accélération la plaqua contre le dossier de son siège, mais bien vite les compensateurs de gravité entrèrent en action et la pression se relâcha.

Alors Salma put enfin souffler. Elle jeta un œil complice à Robin qui s'étira de plaisir.

— Ne soyez pas si satisfaits de vous, aboya le capitaine Randall. Au mieux, je qualifierai votre prestation de moyenne, voire de médiocre. Tout cela a été d'une exaspérante lenteur. Imaginez qu'en raison d'un danger immédiat vous deviez plonger rapidement dans l'hyperespace. Avec votre façon de faire, trop académique, vous auriez mille fois eu le temps d'être anéantis.

Le sourire de satisfaction des deux cadets s'effaça aussitôt.

— Il faudra vous exercer encore et encore jusqu'à ce que tout soit parfait, que cela devienne automatique, instantané.

— Oui, capitaine !

Et c'est ce qu'ils firent pendant près d'une semaine, aussi longue que l'éternité. Les deux Cadets de l'espace ne purent se reposer que quelques heures par jour. Même la nuit, ils étaient réveillés en sursaut par l'alarme et devaient courir jusqu'au poste de pilotage pour enclencher aussitôt les procédures de passage en hyperespace.

Sur le chemin de retour, Salma et Robin poussèrent un gros soupir de soulagement lorsqu'ils aperçurent enfin Métalika. Elle était très reconnaissable parmi les autres planètes du système solaire par sa couleur verdâtre due à la forte concentration de minerai de cuivre dans son sous-sol.

Ils étaient tellement fatigués qu'ils se promirent de dormir trois jours d'affilée pour se remettre de l'entraînement sans pitié du capitaine Randall. Autant Salma restait pourtant enthousiaste, autant elle fut obligée de soutenir le moral de Robin qui se sentait bien déprimé.

— Tout ceci n'est qu'un exercice pour nous aguerrir, lui affirmait-elle. Ce n'est qu'un mauvais moment à passer, ensuite nous serons totalement opérationnels pour explorer des endroits inconnus. Comme moi, tu adores l'espace, n'est-ce pas ?

L'œil de Robin s'alluma aussitôt. Oui, il aimait parcourir l'espace ! Savoir qu'il irait là où personne d'autre n'avait été avant lui effaçait les peines et les souffrances de l'apprentissage du pilotage d'un vaisseau spatial.

L'atterrissage se fit sans heurt. Aussitôt les trois Humacs, accompagnés de leurs fidèles robots, marchèrent sur la piste en direction du hall d'arrivée de l'astroport.
— Bizarre, murmura le capitaine Randall, je n'aperçois personne...

Une dizaine de robots-soldats, caraçonnés dans leurs plaques de blindage, surgirent soudain de derrière une pile de containers, les armes pointées vers l'équipage.
— Ne bougez plus ! Veuillez déposer vos armes à terre et nous suivre sans faire d'histoire.
— Que se passe-t-il, Corvin ? demanda calmement Salma à son robot.

— Incroyable ! Je viens de me connecter automatiquement à l'Hyper-Net, via mon antenne réseau interne. Apparemment les robots ont pris le pouvoir et contrôlent tous les Humacs !

Le capitaine Randall jeta un coup d'œil à ses nouvelles recrues et leur fit un petit sourire.

— Leçon numéro 2, souffla-t-il. Thor avec moi !

En un mouvement ininterrompu, le capitaine Randall dégaina son arme, plongea à terre et commença à tirer. Thor, son robot, l'avait suivi sans hésiter et faisait feu sur ses congénères. En un instant, quatre robots tombèrent à terre, foudroyés par les tirs de laser. Salma et Robin n'hésitèrent pas ; ils s'emparèrent de leurs propres armes et ouvrirent le feu sur les autres robots-soldats. Corvin et Pirrhus les imitèrent aussitôt.

Quelques instants plus tard, les robots-soldats étaient tous hors d'état de nuire. Mais un bruit de sirène retentit sur l'astroport. De toutes parts, des robots sortaient, armes à la main, et se mirent à tirer dans leur direction.

— Vite ! Rejoignons le vaisseau ! ordonna le capitaine Randall.

— Allez-y, dit Thor. Moi, je reste ici et je vous couvre.

Le capitaine Randall regarda affectueusement son robot et lui donna un amical coup de poing dans la poitrine. Chacun avait compris que le robot se sacrifiait pour qu'ils aient une chance de fuir.

Thor ouvrit le feu tous azimuts, pendant que les trois Humacs et leurs deux robots couraient vers l'*Apollonius* en tirant eux aussi vers leurs ennemis. L'air était zébré de coups de laser. Salma réussit à toucher un robot-soldat en lui coupant la jambe droite. Il s'écroula au sol mais continua à tirer.

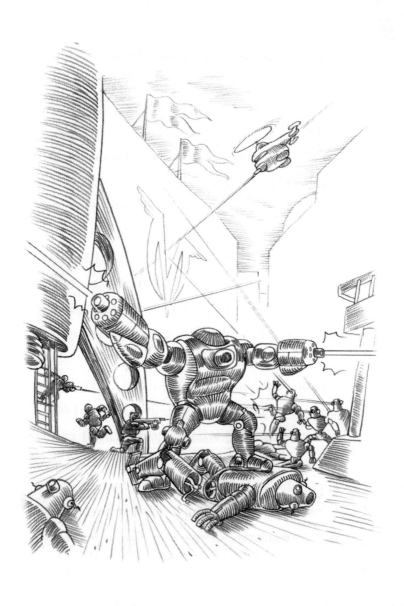

Corvin reçut à l'épaule gauche un tir de laser qui lui paralysa aussitôt le bras, mais il continua sa course tout en protégeant sa jeune Humac.

Enfin, ils réussirent à atteindre le vaisseau sans plus de dommages. Quand ils furent arrivés au poste de pilotage, le capitaine Randall enclencha les procédures de décollage. Salma et Robin comprirent aussitôt le but de l'entraînement difficile qu'ils avaient subi. Le capitaine Randall donnait des ordres qu'ils exécutaient aussitôt à la perfection. Leurs mains volaient sur les claviers et sur les boutons. Chaque seconde comptait. Les turbines à photons hurlèrent de toute leur puissance pour ce décollage en catastrophe. Le sol s'éloigna enfin à grande vitesse. Les passagers eurent juste le temps d'apercevoir, une dernière fois, Thor encerclé par une multitude de robots. Jusqu'au bout, il fit feu avant de s'écrouler sous les tirs croisés de ses adversaires.

Salma et Robin virent les mâchoires du capitaine Randall se contracter tandis qu'ils fuyaient à toute allure dans l'espace.

— Attachez-vous ! dit le capitaine Randall. Dans quelques instants nous allons plonger en hyperespace.

Le bruit sourd d'une explosion éclata près d'eux et le vaisseau trembla de toute sa carcasse.

— Décidément, ils mettent les moyens pour nous empêcher de fuir, dit Robin, d'un ton qu'il voulait neutre pour ne pas montrer l'angoisse qui lui vrillait le ventre.

Il ne pouvait s'empêcher de penser que c'était peut-être la dernière fois qu'il foulait le sol de Métalika. Et sa famille ? Où se trouvait-elle ? Était-elle saine et sauve ?

Salma était parfaitement consciente de

l'angoisse de Robin. Mais le moment n'était guère propice à la réflexion. Pour l'instant, ils devaient fuir à tout prix !

Avant qu'une autre torpille sonique puisse les atteindre, les étoiles s'allongèrent et ils plongèrent dans l'hyperespace.

— Nous voici pour quelques heures en sécurité, fit le capitaine Randall.

Alors, se tournant vers Corvin et Pirrhus, il les interrogea :

— Avez-vous des explications supplémentaires sur ce qui vient de se passer ?

— Pas grand-chose de plus. Apparemment, il y a trois jours standard, les robots ont pris les commandes de Métalika, contraignant tous les Humacs à quitter les villes. Ils les ont parqués dans d'immenses camps de toile où ils sont gardés jour et nuit par des robots-sentinelles.

— Mais pourquoi ce coup d'État ? demanda

Robin. Nous avons toujours vécu en bonne intelligence.

— Je ne sais pas, répondit Pirrhus.

— Et vous deux, questionna Salma, comment se fait-il que vous n'ayez pas rejoint les autres robots ?

— Pour nous, rien n'a changé, dit Corvin.

— L'explication me paraît simple, poursuivit Randall. Corvin, Pirrhus et Thor étaient dans l'espace avec nous. S'ils n'ont pas changé, c'est qu'ils n'ont reçu ni nouvelles instructions ni nouveau programme. Nous devons découvrir qui est à l'origine de tout cela et tâcher de délivrer les Humacs.

— À nous cinq ? fit Robin.

— D'autres vaisseaux doivent être dans la même situation que nous. Nous lancerons un message dès que nous serons revenus dans l'espace dimensionnel. D'ici là, allez vous reposer, vous en avez besoin.

Cinq heures plus tard, l'équipage était de nouveau réuni au poste de pilotage, frais et dispos. Salma et Robin avaient avalé un grand bol de boisson énergétique et plusieurs barres de concentré de céréales hautement vitaminées qui leur avaient redonné des forces.

L'*Apollonius* sortit bientôt de l'hyperespace.

— Je reconnais l'endroit, déclara aussitôt Robin. C'est ici que nous sommes venus durant notre première mission.

— Exact, répondit Randall. Dans notre fuite, je n'ai pas eu le temps de reprogrammer un autre saut. Nous sommes au bord de la Grande Ceinture d'Astéroïdes. Mais cette destination en vaut bien une autre, pour le moment. Nous allons envoyer un message aux vaisseaux qui sont encore libres et attendre leur réponse.

Les minicaméras enregistrèrent le capitaine Randall expliquant la situation et demandant à toutes les fusées encore libres de venir le rejoindre. Puis le message filmé fut aussitôt expédié en mode subliminique vers les profondeurs de l'Univers. En allant des millions de fois plus vite que la lumière, il avait des chances d'atteindre d'autres fusées n'importe où dans l'Univers.

L'équipage de l'*Apollonius* n'eut pas longtemps à attendre. Trois heures après, une fusée émergea de l'hyperespace, non loin d'eux.

—Il s'agit du *Stormia*, le vaisseau intercepteur du capitaine Biliett! annonça Randall d'un air enjoué.

Le contact entre les deux fusées s'établit aussitôt.

—Capitaine Randall! Content de vous revoir!

— Moi de même, capitaine Biliett. Même si les circonstances sont pénibles.

— Tout n'est pas perdu, capitaine Randall. Mon vaisseau va s'apponter au vôtre et nous pourrons discuter de ce que nous allons faire pour reprendre les choses en main.

— D'accord, capitaine Biliett, cela nous rappellera notre dernière partie de poker...

— Et votre éclatante victoire qui m'a coûté fort cher.

Le capitaine Randall coupa la communication et intima immédiatement :

— Tout le monde aux commandes ! Nous dégageons en vitesse...

Salma et Robin ne comprirent pas le brusque revirement de leur capitaine, mais obéirent sur-le-champ.

L'*Apollonius* accéléra de toutes ses tuyères vers les premiers astéroïdes. Le *Stormia* réagit

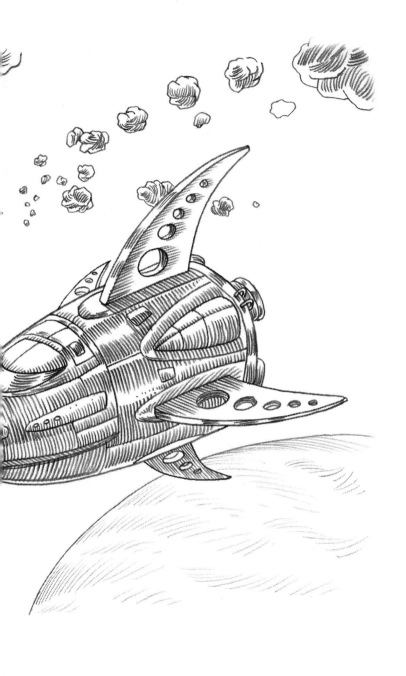

presque aussitôt en lançant une bordée de salves laser dans leur direction.

—C'était bien un piège, rugit le capitaine Randall en cabrant le croiseur. Biliett doit être tombé aux mains des robots. Il a tenté de m'avertir en parlant de ma victoire au poker alors que c'est moi qui avais perdu. Salma ! Tu vas prendre les commandes et essayer de les semer à travers les astéroïdes. Robin, viens avec moi dans les tourelles de tir. Nous allons leur donner du fil à retordre.

Salma sentit un frisson lui parcourir le dos. Ce n'était pas le moment de flancher. Cette fois, plus question d'exercice, elle devait être au meilleur de ses compétences de pilote. Sans hésiter, elle prit les commandes du croiseur et commença à louvoyer entre les rochers errants en les frôlant dangereusement. Pendant ce temps-là, Randall et Robin armaient les canons laser, et tirèrent vers le vaisseau-intercepteur. Mais il n'était guère facile d'ajuster son tir, tant les changements de direction étaient brusques. Salma s'en donnait à cœur joie pour tenter d'échapper à leurs poursuivants. Ceux-ci étaient bien déterminés à les détruire. Des boules de lumière explosaient non loin d'eux et, à chaque détonation, l'*Apollonius* craquait de partout, mais poursuivait vaillamment sa course.

Robin visa un petit astéroïde qui explosa comme un fruit mûr au passage du *Stormia*. Le vaisseau, touché par le souffle de l'explosion et par la multitude de roches pulvérisées, partit en une vrille incontrôlée. Un de ses réacteurs accrocha au passage un énorme bloc de glace tournoyant et se détacha sous la violence du choc. Le *Stormia* essaya aussitôt de couper ses autres réacteurs afin d'éviter que la poussée désordonnée ne le fasse se disloquer. Trop tard ! Le vaisseau tourna sur lui-même à toute vitesse jusqu'à ce qu'il heurte de plein fouet un astéroïde et se désagrège complètement.

— Bravo, Robin ! s'écria la voix du capitaine Randall, à travers les haut-parleurs. Tu l'as eu !

Puis, juste après, il ordonna :

— Salma, ralentis un peu, s'il te plaît, tu vas nous tuer.

— À vos ordres, capitaine. Je commençais à drôlement m'amuser.

Robin et le capitaine Randall rejoignirent le poste de pilotage.

— Nous avons gagné ! s'écria Salma en sautant de joie.

Soudain un bip d'alarme retentit.

— Un écho radar en approche, dit Corvin.

— Damnation ! fit le capitaine Randall.

Juste avant d'être désintégrés, ils nous ont envoyé une torpille plasma à tête chercheuse. Il faut fuir dans l'hyperespace, pas d'autre moyen de la semer.

L'*Apollonius* eut beau louvoyer entre les astéroïdes, la torpille suivait parfaitement leur trajectoire et se rapprochait d'eux petit à petit. Il leur fallait sortir coûte que coûte de la Grande Ceinture d'Astéroïdes afin de prendre assez de vitesse pour effectuer le saut dans l'hyperespace.

Enfin, le capitaine Randall réussit à rejoindre un espace vide de tout rocher. Mais la torpille était sur leurs talons. Il fit donner toute sa puissance au croiseur. L'accélération cloua ses passagers à leur fauteuil. Salma et Robin grimacèrent sous l'effort. Ils luttèrent contre le voile noir qui leur tombait devant les yeux.

— Paré pour le saut en hyperespace ! cria le capitaine Randall.

La torpille à plasma choisit cet instant pour exploser juste derrière eux. Le croiseur se cabra, grinça sinistrement. Le poste de pilotage fut plongé dans le noir et les étoiles disparurent !

Étaient-ils morts ou avaient-ils réussi ? se demanda Salma, juste avant de s'évanouir.

— Corvin, Pirrhus, au rapport, fit le capitaine Randall.

— Les avaries du vaisseau sont mineures mais devront être rapidement réparées, répondit Pirrhus...

— ... En revanche, continua Corvin, l'explosion de la torpille a totalement bouleversé notre trajectoire. Impossible de savoir dans quel secteur nous allons émerger.

— Bon. Le mieux est de ressortir au plus vite. Ensuite nous aviserons.

Maintenant qu'ils semblaient être hors de danger, les trois Humacs eurent une pensée émue pour le capitaine Biliett qui s'était sacrifié pour leur permettre de s'enfuir.

L'*Apollonius* émergea près d'un système solaire non répertorié dans les mémoires du vaisseau. L'ordinateur de bord recalcula leur position. Le résultat fut sans appel : ils se trouvaient au-delà des galaxies connues, quelque part dans le secteur du Centaure.

— Robin ! Qu'y a-t-il devant nous ? questionna le capitaine Randall.

— Nous sommes en présence d'un système solaire de type 5, soit cinq planètes qui gravitent autour d'un soleil de taille moyenne. D'après les renseignements spectraux, il semble que la quatrième planète offre des conditions acceptables.

— Parfait, fit le capitaine Randall. La chance nous sourit. Salma, dépêche-toi de mettre le cap vers cette planète et de repérer un site approprié pour un atterrissage sans problème.

— Bien, capitaine !

Moins d'un jour standard plus tard, l'*Apollonius* se posa en douceur au milieu d'une immense plaine. Les capteurs relevèrent une atmosphère respirable, même si la proportion d'oxygène était légèrement plus faible que sur Métalika.

Pour leur première sortie, le capitaine Randall ordonna à Salma et Robin de porter leur casque par mesure de sécurité. Il huma longuement l'air. Il avait une odeur légèrement poivré, mais semblait tout à fait respirable. D'un geste, il invita donc les deux Cadets de l'espace à ôter leur casque. Ce qu'ils firent aussitôt avec un réel plaisir. Que c'était bon de pouvoir respirer autre chose qu'un air confiné, mille fois recyclé !

– Voilà ce que nous allons faire, annonça le capitaine Randall. Pirrhus et moi, nous allons effectuer toutes les réparations nécessaires à la remise en marche de la fusée. Il faut compter une bonne semaine. Vous, de votre côté, je vous rappelle que vous faites partie de la Compagnie d'Explorations des Terres Lointaines. Et celle-ci en est une ! Aussi allez-vous partir en mission de reconnaissance avec Corvin et recueillir toutes les données possibles sur cette planète.

Les portes de la soute de l'*Apollonius* s'ouvrirent en grand afin de permettre le débarquement de tout le matériel de réparation. Corvin descendit ensuite la *Loco* et son énorme remorque dans laquelle les Cadets de l'espace allaient dormir et manger durant leur périple. Deux grandes roues à l'avant et deux énormes chenilles à l'arrière lui permettaient de se frayer un passage sur n'importe quel type de terrain. La cabine, très en hauteur, offrait une bonne visibilité. Dans la remorque, il y avait deux couchettes étroites mais confortables et le nécessaire pour manger et faire sa toilette.

Avant de partir, Salma scruta l'horizon. Elle découvrit au loin une chaîne de montagnes. La direction idéale pour une première exploration. Ils auraient ainsi un point de repère constant.

Sous le regard bienveillant du capitaine Randall et de Pirrhus, déjà en train de découper au chalumeau les tôles déchiquetées par l'explosion de la torpille à plasma, la *Loco* s'éloigna du vaisseau. La première journée, elle parcourut un paysage de roches colorées. Des lichens multicolores recouvraient les rochers. Robin examina à plusieurs reprises la composition des pierres tandis que Salma prélevait des échantillons pour les analyser le soir au moment du bivouac.

La *Loco* roula trois jours sans trouver la moindre trace d'une vie animale ou de minerai intéressant. Les Cadets de l'espace passèrent le col d'une petite montagne. En redescendant de l'autre côté, ils aperçurent au loin une vallée parsemée de taches bleues. Ils décidèrent d'aller l'explorer. Arrivés sur place, ils laissèrent la *Loco* à la garde de Corvin. En s'approchant, ils découvrirent que cette teinte bleue était due à une herbe sans racines, juste posée sur le sol.

Robin et Salma, à genoux, examinaient cette plante inconnue, lorsqu'ils entendirent des cris de l'autre côté du vallon. Ils se précipitèrent en haut de la pente et aperçurent une jeune fille à la peau bleue, prête à se faire dévorer par un monstre énorme, la gueule démesurée et grande ouverte. Robin et Salma ouvrirent le feu en même temps et l'animal s'écroula à quelques centimètres de l'inconnue.

Celle-ci se mit à sourire en regardant ces deux étrangers, sans manifester la moindre surprise. Au contraire, elle semblait émerveillée par leur soudaine apparition, comme si elle l'attendait depuis longtemps. Elle avait à peu près le même âge qu'eux. Sous son hâle bleu, ses traits étaient très fins. Ses yeux en amande brillaient d'un superbe jaune doré. De longs cheveux noirs rassemblés en quatre tresses laissaient apparaître de petites oreilles légèrement en pointe.

Robin fut aussitôt subjugué par la beauté de la jeune fille.

— Je vous remercie de m'avoir sauvé la vie,

fit soudain une voix dans la tête des Cadets de l'espace.

Salma et Robin comprirent que l'inconnue était télépathe. Elle communiquait ainsi directement dans leur esprit.

—Mon nom est Gal'Xia. Vous venez d'une autre planète, n'est-ce pas?

Salma et Robin se présentèrent à leur tour et répondirent par l'affirmative.

—Ce qui est écrit va s'accomplir, déclara énigmatiquement Gal'Xia d'une voix joyeuse. Suivez-moi.

Gal'Xia les ramena au bord de l'herbe et entra résolument dans le grand cercle bleuté. Les herbes s'écartaient sur son passage afin de ne pas se faire piétiner. Sans trop d'appréhension, Salma et Robin décidèrent de lui emboîter le pas. Soudain Gal'Xia leva un bras. Aussitôt, s'élevant de cette végétation, émergèrent de curieuses créatures, aux formes variées mais toutes du même bleu translucide. On aurait dit de grosses bulles de savon un peu molles avec, dans leur partie supérieure, de petites sphères luminescentes qui évoquaient des yeux. Bientôt, il y en eut plusieurs dizaines autour d'eux, comme autant d'énormes grains de pollen flottant en apesanteur.

Un de ces êtres s'approcha de Gal'Xia qui tendit vers lui sa main, paume ouverte. Celle-ci traversa la paroi translucide, puis tout son corps fut ensuite avalé par l'ectoplasme.

– Il n'y a rien à craindre, dit-elle dans l'esprit des deux Cadets de l'espace. Faites comme moi !

Robin, soucieux de montrer son courage à Gal'Xia, fut le premier à franchir le pas. Lui aussi tendit son bras, paume ouverte. Il sentit un léger picotement lorsque sa main fut

engloutie par le grand ectoplasme dressé devant lui. Puis il se sentit avalé par la chose. Il eut l'impression de flotter. Salma fit alors comme son ami, suivie de Corvin qui les avait rejoints.

Les quatre bulles contenant chacune une personne s'élevèrent un peu plus haut dans

les airs et se mirent en marche, tandis que les autres ectoplasmes se fondaient à nouveau dans la tache bleue tapissant le fond de la vallée. Les bulles se mirent à glisser de plus en plus vite au-dessus des monts et des pics de la montagne environnante, rasant les crêtes, survolant les gouffres et les plaines.

— C'est top-métal, n'est-ce pas ? fit Gal'Xia qui avait saisi dans l'esprit de Salma cette expression typique sur Métalika.

— Ce n'est pas très correct de surprendre les pensées des gens, rétorqua Salma, un peu vexée. Mais je dois reconnaître que c'est top-métal de se déplacer ainsi.

— Les Rhu'Hurs sont des créatures très gentilles et serviables.

Salma accusa le coup. Jamais elle n'aurait pensé que ces êtres extraordinaires pouvaient être d'utiles alliés. Tout était si différent que sur Métalika. Ici, la nature semblait à l'état sauvage et non contrôlée comme sur sa planète. Étrange mais fort agréable à l'œil !

Le voyage dura plusieurs heures Salma aperçut même Robin, confortablement installé dans sa bulle, en train de dormir !

Finalement, ils se trouvèrent face à une

montagne gigantesque. Sans aucune végétation, elle était composée d'un agglomérat de colonnes de basalte noir, ce qui renforçait son aspect impressionnant. Au milieu de la paroi vertigineuse, les deux Humacs découvrirent une très grande ouverture de forme ovale. Les quatre bulles y pénétrèrent résolument à l'intérieur et se stabilisèrent au niveau du sol. Gal'Xia sortit de son Rhu'Hur et invita ses hôtes à en faire autant. Les bulles firent alors demi-tour et lévitèrent immédiatement vers la sortie.

– Venez, dit Gal'Xia.

Ensemble, ils suivirent un large couloir qui s'enfonçait au cœur de la montagne. Ils marchèrent ainsi pendant plusieurs minutes. De gros globes verts éclairaient les parois, à intervalles réguliers. À un moment, Salma et Robin aperçurent au loin de la lumière blanche. Quelques instants après, le petit groupe déboucha en plein jour sur une large plate-forme.

Salma en eut le souffle coupé. La montagne était creuse ! Un immense lac bleu turquoise tapissait le fond de ce gouffre, tandis que le pourtour de la paroi circulaire était tapissé d'une multitude d'escaliers, de terrasses et de fenêtres.

— Cette montagne est en fait un vieux volcan, expliqua Gal'Xia. Nous sommes dans son ancienne cheminée. Notre peuple, les Du'Rupts, vit là, en toute sécurité, depuis des millénaires.

— C'est magnifique, dit Robin, en se penchant pour apercevoir, là-bas, tout en haut, le ciel. Il était aussi stupéfait que Salma par la beauté du lieu.

— Hum ! Hum ! fit alors une voix derrière eux.

En se retournant, ils aperçurent un groupe d'hommes qui attendaient patiemment.

– Je vous présente tous les hauts dignitaires des Du'Rupts, dit Gal'Xia d'un ton joyeux.

– Que se passe-t-il ? demanda l'un d'eux.

Son visage tout fripé et son dos voûté indiquaient son grand âge.

– Mentor Zhi'Lius, rien de grave. Au contraire. Comme j'en ai l'habitude, je suis partie seule, m'isoler un peu dans les plaines du Bakir, lorsqu'un sale Lum'Vriss a voulu faire de moi son petit déjeuner. Heureusement, eux deux étaient à proximité et m'ont sauvée.

– Gal'Xia, tu sais qu'il est dangereux de se promener seule dans les montagnes. Ta charge est trop importante pour que tu puisses te permettre de prendre des risques inutiles…

– … Je suis le guide de mon peuple, je sais. Nos dieux m'ont choisie parmi tous les autres Du'Rupts pour accomplir cette tâche. Mais je pense aussi qu'ils m'ont conduite là-bas pour que je rencontre ces êtres formés comme nous mais venus d'une autre terre. C'est exactement ce qu'indique la prophétie.

– Pardon d'avoir douté de toi, Gal'Xia, répondit le vieux mentor Zhi'Lius en baissant la tête.

– Que prédit la prophétie ? questionna Salma, très intriguée.

– Qu'un jour des gens venus d'ailleurs viendront ici et que mon peuple devra les aider pour connaître la paix. Avez-vous besoin d'aide ? demanda Gal'Xia.

Salma interrogea Robin du regard. Celui-ci hocha la tête en signe d'acquiescement.

Alors Salma se mit à raconter ce qui leur était arrivé depuis la remise de leur diplôme de pilote. Gal'Xia et les autres dignitaires de la planète bleue posèrent des questions sur la vie que l'on menait sur Métalika.

— Nous vivons, déclara Robin, sur une planète où tout est très structuré et encadré. Nous habitons dans une seule et unique immense ville qui occupe à elle seule un quart de Métalika. Elle est en fer et en bronze. Les immeubles sont réunis entre eux par de gigantesques passerelles. On se déplace soit sur d'immenses tapis roulants, soit avec des hélijets. Pour notre nourriture, une armée de robots-agriculteurs élève des animaux et fait pousser des végétaux dans d'immenses hangars de plusieurs hectares de superficie. Comme cela, nous contrôlons le jour, la nuit et le climat pour un rendement optimal. Jusqu'à maintenant nous vivions en harmonie avec les robots.

— En harmonie avec des êtres que vous avez créés, mais plus en harmonie avec la

nature, fit le mentor Zhi'Lius, avec un petit sourire malicieux.

Plus tard dans la soirée, alors que Salma et Robin dégustaient des plats inconnus mais délicieux, comme des petits pâtés rouges à l'odeur de menthe, Gal'Xia vint les rejoindre accompagnée du mentor Zhi'Lius. Ils s'assirent près d'eux sur des coussins ronds multicolores.

— Nous allons vous aider, déclara Gal'Xia avec un large sourire. Mais, pour cela, nous avons besoin de Corvin.

— Je suis prêt à coopérer, répondit aussitôt le robot.

— En fait, nous voudrions une pièce de toi.

Devant la mine ahurie de Salma et de Robin, Gal'Xia précisa :

— Nous devons faire quelques essais avant d'être sûrs que nous pourrons agir avec la plus grande efficacité quand nous serons sur Métalika avec vous.

—Donnez-moi quelques minutes, fit Corvin en sortant de la pièce.

Le temps de manger de minuscules gâteaux recouvert d'un fondant aux reflets arc-en-ciel absolument succulents, Salma vit revenir Corbin qui, de la main droite, tenait son bras gauche démonté.

—Voilà, dit-il en le tendant à Gal'Xia, j'espère que cela sera suffisant pour mener à bien vos expériences.

—Merci Corvin, fit Salma, les larmes aux yeux. Tu n'as pas mal ?

—Un robot n'éprouve pas la douleur, tu le sais bien, j'ai juste une sensation de manque.

Elle était fière de son fidèle robot.

—Tu es très généreux, ajouta Robin en lui donnant une bourrade amicale dans le dos.

Le capitaine Randall achevait une soudure sur l'aileron droit de sa fusée avec l'aide de Pirrhus lorsque celui-ci déclara :

— Capitaine, je crois que l'on a de la visite.

En tournant la tête, le capitaine Randall aperçut la *Loco* qui avançait vers eux, accompagnée d'une multitude de bulles bleutées.

— Pirrhus, cours chercher nos armes, ordonna le capitaine.

Quelques instants plus tard, la *Loco* s'arrêta près du vaisseau spatial. Salma, Robin et Corvin en descendirent tout sourires. Pirrhus remarqua tout de suite que son ami Corvin n'avait plus qu'un bras. Toutes les bulles, dont certaines contenaient un être vivant, s'étaient regroupées, en retrait, et attendaient manifestement que les retrouvailles aient lieu.

Robin et Salma se mirent au garde-à-vous.

—Capitaine, la mission d'exploration est de retour !

—Parfait ! répondit celui-ci. Au rapport !

Salma fut la plus rapide. Elle se mit à tout raconter, avec force détails, sur leur rencontre avec les habitants de ce monde.

—Les Du'Rupts, c'est leur nom, veulent nous aider à vaincre la rébellion des robots, dit-elle en terminant son récit.

—Tout cela me paraît incroyable, fit le capitaine Randall.

—On va vous les présenter, fit Robin, en faisant un grand signe de la main.

Aussitôt les Du'Rupts sortirent des bulles et s'approchèrent. Gal'Xia salua le capitaine Randall.

—En tant qu'Élue du peuple des Du'Rupts, je suis heureuse de vous accueillir sur notre planète. Après ce que Salma et Robin nous ont raconté, nous sommes tout disposés à vous aider. Notre savoir n'est pas technologique, mais nous possédons cependant quelques armes naturelles susceptibles de vous être très utiles.

Le capitaine fit un petit signe de tête de déférence.

— Votre aide est la bienvenue. Mais hélas ! j'ai peur que cela ne suffise pas à renverser le cours des choses.

— Faites-nous confiance, je vous en prie. Quand pouvons-nous repartir vers votre planète ?

— Les réparations sont presque terminées. Dans quelques heures, ce croiseur sera de nouveau complètement opérationnel.

— Parfait, le plus tôt sera le mieux. Je ne veux pas laisser mon peuple sans moi longtemps.

— Vous voulez donc nous accompagner ? demanda le capitaine Randall, plutôt surpris que la jeune fille veuille partir à la reconquête de Métalika.

— Bien sûr, en tant qu'Élue je dois montrer l'exemple. Une dizaine d'individus dont moi-même feront partie du voyage.

— Top-métal ! s'exclama Salma avant que le capitaine Randall ouvre la bouche pour dire que tout cela pouvait se révéler dangereux et que dix personnes pour libérer une planète, cela lui semblait un peu juste. Viens avec moi, je vais te montrer la cabine que nous partagerons.

Fataliste, le capitaine Randall regarda en soupirant Robin qui souriait. Puis, se tournant vers Corvin, il l'interrogea à propos de son bras manquant.

— Les Du'Rupts me l'ont emprunté, répondit celui-ci. Mais je n'en sais pas plus…

Le voyage en hyperespace se fit en deux temps. Le premier saut eut pour but de se retrouver quelque part dans l'univers connu ; le second, une fois le point fait par rapport aux galaxies répertoriées, de repartir en direction de Métalika.

Le capitaine Randall fit émerger l'*Apollonius* derrière un des petits satellites de Métalika, bien à l'abri des regards indiscrets. De là, il envoya une minisonde qu'il savait indétectable pour examiner la situation. Deux heures plus tard, celle-ci commença à émettre des images depuis la haute atmosphère de la planète. Durant leur courte absence, les robots semblaient avoir rapidement aménagé d'immenses camps en dur pour regrouper l'ensemble des Humacs. Les grandes villes étaient désormais habitées uniquement par des robots.

Salma sentit les larmes lui monter aux yeux en pensant à tous ceux qui étaient enfermés dans ces horribles conditions. Elle

vit à la mine sombre de Robin qu'il s'inquiétait pour sa famille. Elle se rappela le chaleureux accueil que celle-ci lui avait réservé le jour de la remise des diplômes, et elle souffrit avec lui.

—Ce que je vois est plutôt rassurant, déclara le capitaine Randall. Les Humacs sont certes prisonniers mais je ne pense pas que les robots veuillent les tuer ; sinon pourquoi auraient-ils construit des baraquements en dur ?

Ses paroles rassurèrent les deux jeunes pilotes.

—Comment allons-nous faire pour rejoindre votre planète ? demanda Gal'Xia.

—Le mieux, répondit le capitaine Randall, est de se servir de la navette de secours. Elle est petite et devrait facilement échapper à la surveillance spatiale des robots. Mais elle ne peut transporter que sept passagers. Pirrhus restera à bord de l'*Apollonius*, ce qui fait qu'en plus de toi, Gal'Xia, nous ne pouvons emmener que deux de tes compagnons.

—C'est un peu juste, mais on se débrouillera, répondit l'Élue des Du'Rupts.

—Parfait, nous atterrirons de nuit, ce sera plus discret.

Lorsque la navette entra dans l'atmosphère, ceux qui auraient scruté le ciel n'auraient distingué qu'une belle étoile filante, sans se douter un instant qu'il s'agissait d'une embarcation habitée. Le capitaine Randall choisit un terrain plat en dehors de la ville, à l'opposé de l'astroport, afin de ne pas se faire repérer.

Salma et Robin étaient heureux de fouler à nouveau le sol de Métalika.

—Corvin, fit le capitaine Randall, essaie d'en savoir plus sur la situation actuelle.

— Je vais me connecter à une borne de l'Hyper-Net et je reviens de suite.

Moins de cinq minutes plus tard, Corvin réapparut.

— Bon, voilà ce que j'ai appris. L'insurrection des robots a débuté lorsque ceux-ci ont tous reçu une nouvelle mise à jour de leur programme de fonctionnement de base, comme cela arrive souvent. Mais, cette fois, ce fut différent ; les nouvelles instructions leur ordonnaient de ne plus obéir et de conduire chaque Humac en dehors des villes, dans des camps spécialement aménagés pour eux. En outre, ils devaient reconnaître comme unique autorité Cyborg I$^{er}$, soi-disant nouvel empereur de Métalika.

— Qui c'est, celui-là ? demanda Salma.

— Aucune idée, répondit le capitaine Randall. Mais je crois nécessaire d'aller lui rendre une petite visite pour en savoir plus.

— Il a réquisitionné le musée de la ville avec ses belles colonnades et l'a fait transformer en un immense et spacieux palais, décoré des précieux tableaux et mobiliers qui s'y trouvaient déjà, informa Corvin.

L'équipe se mit en marche en direction du fameux palais. Plusieurs fois, ils durent se cacher pour ne pas être surpris par des patrouilles de robots. Heureusement, ceux-ci n'étaient pas très discrets ; on les entendait venir de loin.

Arrivés sur place, ils aperçurent plusieurs robots qui montaient la garde en haut des marches du palais.

— Il va falloir se débarrasser d'eux sans donner l'alarme, chuchota le capitaine Randall.

— On s'en occupe, fit Gal'Xia.

Et elle disparut aussitôt dans la nuit avec ses deux compagnons. Pendant un temps que les Cadets de l'espace jugèrent incroyablement long, il ne se passa rien. Soudain, ils virent plusieurs boules lumineuses verdâtres atteindre les robots. Ceux-ci s'écroulèrent aussitôt.

— Allons-y, fit le capitaine Randall.

Lorsqu'ils arrivèrent en haut des marches, les trois Humacs et Corvin découvrirent les robots recouverts d'une sorte de gélatine orange qui leur avait rongé tout le corps.

— Ne les touche pas, Corvin ! ordonna Gal'Xia. C'est très contagieux pour les robots. Grâce à ton bras, nous avons pu tester l'efficacité de notre arme biologique qui s'attaque à tout ce qui est métallique.

— Diablement puissant, fit Robin, impressionné.

— Ne perdons pas de temps, dit le capitaine Randall. Explorons le palais.

Celui-ci semblait désert. Au rez-de-chaussée, ils visitèrent plusieurs salles, mais elles étaient vides de tout occupant.

—Les appartements de ce Cyborg I$^{er}$ doivent logiquement être à l'étage, dit Salma.

Le commando emprunta l'immense escalier de marbre qui desservait le premier étage. Avec précaution, Corvin ouvrit une porte imposante. La pièce était dans l'obscurité. Ils pénétrèrent à l'intérieur en silence. Soudain, la lumière s'alluma. Une cinquantaine de robots pointaient leurs armes vers eux. À l'autre bout de la salle, un personnage était assis sur un trône en métal doré. La moitié gauche de son corps avait été remplacée par des éléments métalliques. Un œil rouge dévisageait durement les arrivants.

—Alors, que me vaut l'honneur de votre visite ? Car vous étiez attendus, contrairement à ce que vous pouviez penser. J'ai fait mettre en place un nouveau système de surveillance et nous vous suivons depuis votre rentrée dans l'atmosphère. Je sais qu'il reste dans l'hyperespace une bonne dizaine de vaisseaux qui se sont échappés, mais aucun ne réussira à atterrir sur Métalika sans que je le sache.

—C'est monstrueux, explosa Salma. Pourquoi avoir parqué tous les Humacs comme des bêtes? Nous vivions en bonne intelligence avec les robots.

—Les Humacs sont des êtres faibles, fragiles, bourrés de sentiments contradictoires, mais, je dois le reconnaître, capables aussi de s'adapter rapidement à une situation. C'est pourquoi je pense que l'avenir est de conjuguer les avantages des robots avec les rares qualités des Humacs et de forger une nouvelle race dont je suis le premier et illustre représentant: les Cyborgs! Moitié Humac moitié robot, le Cyborg est l'être

parfait. J'ai mis des années à atteindre moi-même cette perfection. J'ai pu ensuite prendre le pouvoir et j'ai fait parquer les Humacs en attendant de les transformer, eux aussi, un par un, en valeureux Cyborgs. Et puisque vous êtes des gens très entreprenants, vous aurez l'honneur suprême de devenir les premiers Cyborgs de mon nouveau royaume. Gardes, emmenez-les !

Avant que les robots aient pu esquisser le moindre geste, Gal'Xia et les deux autres Du'Rupts sortirent de leur sacoche les étranges boules lumineuses et les lancèrent sur eux. Aussitôt, les robots touchés furent paralysés par la gélatine orange qui grimpait le long de leur corps, rongeant le métal dont ils étaient faits. Certains robots voulurent porter secours à leurs camarades mais, dès qu'ils touchèrent la gélatine, ils furent contaminés à leur tour.

De leur côté, le capitaine Randall, Salma et Robin n'étaient pas inactifs. À l'aide de leurs pistolets laser, ils abattirent les robots les plus proches d'eux puis ils couvrirent Gal'Xia et ses amis qui continuaient à lancer leurs boules verdâtres.

En quelques minutes, la plupart des robots furent hors d'état de nuire. Mais un tir de laser toucha le capitaine Randall à l'épaule. Sous l'effet de la douleur, celui-ci lâcha son arme.

— Dommage, vous auriez fait une bonne recrue, lâcha Cyborg I$^{er}$, l'auteur du tir, en s'approchant.

Au moment où le Cyborg allait achever Randall, Corvin lui sauta dessus et le plaqua à terre tout en essayant de le désarmer. Après plusieurs tentatives, il réussit à lui ôter son arme et à la projeter au loin. Mais Cyborg I$^{er}$ ne lâcha pas prise pour autant.

D'un coup de rein, il renversa la situation. Il se trouvait maintenant couché sur Corvin et cherchait à lui arracher les tuyaux d'énergie qui alimentaient son cerveau artificiel. C'est alors qu'un robot titubant, presque entièrement paralysé par la gélatine orange, tomba sur ses jambes.

Cyborg I$^{er}$ poussa un hurlement de terreur lorsqu'il sentit la gelée orange ronger sa jambe artificielle.

Corvin en profita pour se libérer puis, à l'aide d'un de ses doigts, se connecta à une prise informatique que Cyborg I$^{er}$ avait à la base du cou.

— J'ai ses codes ! hurla-t-il en se relevant brusquement.

Cyborg I$^{er}$ agonisait, la gélatine lui emprisonnait maintenant la poitrine et bientôt toute la moitié métallique de son corps.

Mais, dans un ultime sursaut, il attrapa la cheville droite de Corvin de ses doigts artificiels. La gélatine passa aussitôt sur le robot personnel de Salma. Celle-ci poussa un cri de terreur en voyant la scène. La gélatine grimpait le long de la jambe de Corvin. Le robot ôta alors une plaque sur le côté de sa cuisse. Un de ses doigts se transforma en tournevis et Corvin entreprit de démonter sa jambe droite tandis que la gélatine progressait à vue d'œil. Cela se joua à la seconde près.

Corvin réussit à détacher sa jambe malade juste avant que la gélatine envahisse le reste de son corps. Robin et l'un des compagnons de Gal'Xia se précipitèrent avant que le robot, à qui il manquait désormais un bras et une jambe, ne s'écroule.

– J'ai les codes, répéta-t-il. Vite, emmenez-moi vers une borne interactive !

Quelques minutes plus tard, Corvin était connecté au réseau Hyper-Net.

– Ça y est, lâcha-t-il enfin. Grâce aux codes de Cyborg I^{er}, j'ai effacé le programme de rébellion des robots. Tous les Humacs vont être libérés. La révolte de mes congénères est terminée !

Salma se précipita et attrapa Corvin par le cou.

– Tu es un vrai héros, lui dit-elle tendrement.

Gal'Xia prit alors la parole :

– Nous vous avons aidés à vous débarrasser de la menace qui pesait sur vous. En contrepartie, je voudrais que vous nous rameniez sur notre planète et qu'ensuite vous perdiez ses coordonnées. Nous ne voulons pas que d'autres vaisseaux viennent chez nous et perturbent notre société.

– Je comprends, fit le capitaine Randall

tandis que Salma jouait l'infirmière sur son bras blessé, mais ce n'est pas possible de vous promettre cela.

— Et pourquoi donc ? demanda Gal'Xia, le cœur battant la chamade à l'idée d'être trahie.

Ses compagnons et elle avaient aidé les Humacs à se libérer et voilà qu'ils refusaient de laisser sa planète tranquille ! Elle songea qu'il lui restait deux ou trois boules ; l'envie de s'en servir lui traversa l'esprit.

— Si nous avons découvert votre planète, poursuivit le capitaine Randall, d'autres pourront le faire et qui sait ce qui se passera alors. Non, le mieux est que Métalika vous reconnaisse comme sanctuaire. Que chacun sache dans quel secteur galactique vous êtes, mais qu'en même temps il soit formellement interdit de fouler votre sol. Si Métalika est un monde vert où le métal et la technologie règnent en maîtres, votre planète, du bleu de la nature, est un bien précieux qu'il convient de protéger à tout prix. C'est ce que je vais demander au conseil des Anciens dès que tout sera redevenu comme auparavant.

Gal'Xia, soupesant le pour et le contre, réfléchit quelques instants à ce que lui proposait le capitaine Randall. En les regardant lui, Salma et Robin, elle ne vit que franchise et réelle volonté de bien faire. Leurs esprits, qu'elle avait sondés, étaient également très clairs. Alors elle déclara sans plus attendre :

— C'est une bonne solution. Je suis d'accord avec votre offre. Ma planète a besoin de tranquillité pour rester aussi naturelle que possible. Ce qui ne vous empêchera pas d'être toujours les bienvenus si vous décidez de revenir me rendre visite.

Les Humacs hochèrent la tête et la remercièrent chaleureusement. Salma sauta au cou de son amie et lui fit la bise. Robin aurait bien voulu faire de même, mais il n'osa pas.

—Parfait, maintenant que tout est arrangé, fit Corvin, cela ne vous dérangerait pas de m'emmener jusqu'au magasin de pièces de rechange le plus proche ? Je me sens quelque peu diminué !

**Fin**

# Voyage en page

Voyage en page

# Jeux
# de voyage

Conception : Murielle Ragoucy
Illustrations : Matthieu Roussel

# Robots jumeaux

Relie deux par deux les robots semblables.
Il en restera un tout seul.

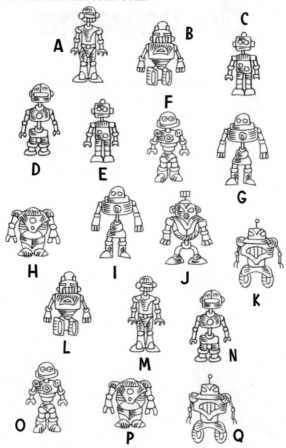

# Le saut du vaisseau

Guide le vaisseau *Apollonius* qui doit passer de l'espace à l'hyperespace en évitant les astéroïdes.

**Espace**

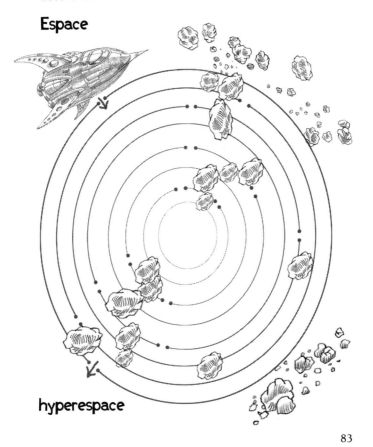

hyperespace

# Tas de ferraille

Le vaisseau *Stormia* s'est disloqué
en heurtant un astéroïde.
Retrouve la place de chaque pièce.

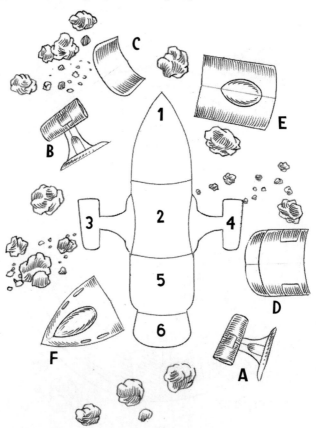

# La boîte à outils

Les outils sont rangés dans un ordre précis.
Remets en place ceux qui ont été sortis.

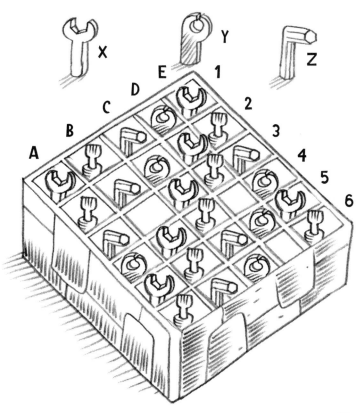

# Voyage en page

# Bataille spatiale

Entoure les cases indiquées par le code.
Tu pourras lire de haut en bas le nom d'un héros de BD qui a marché sur la Lune.

Code :
F4 – C8 – G6 – D5 – B2 – E7 – D1 – G9 – A3

|   | A | B | C | D | E | F | G |
|---|---|---|---|---|---|---|---|
| 1 | S | Y | S | T | E | M | E |
| 2 | S | O | L | A | I | R | E |
| 3 | U | N | I | V | E | R | S |
| 4 | L | U | M | I | E | R | E |
| 5 | P | L | A | N | E | T | E |
| 6 | G | A | L | A | X | I | E |
| 7 | V | I | T | E | S | S | E |
| 8 | E | T | O | I | L | E | S |
| 9 | S | P | A | T | I | A | L |

# Le fil des pensées

Robin et Gal'Xia se parlent en pensée.
Suis chaque fil, et lis les mots au fur
et à mesure.

# Des pâtés rouges...

Il y a 43 pâtés rouges. Ils sont parfumés
à la menthe, sauf 7 qui sont au basilic.
Combien de pâtés ne sont pas à la menthe ?

## ... sur l'herbe bleue

Retrouve dans la page de gauche les détails que Salma a photographiés pendant le dîner.

# Ombres sur la planète

Rends son ombre à chaque vaisseau spatial.

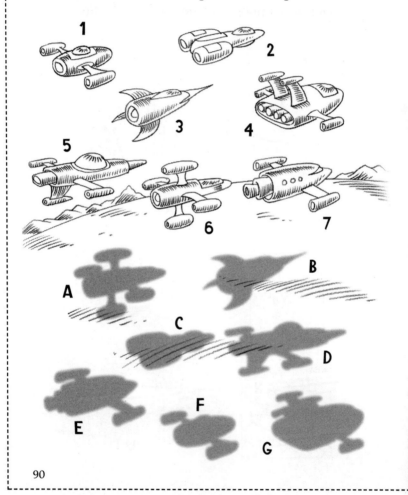

# Autour du Soleil

Neuf planètes tournent autour de notre Soleil.
Rends à chaque planète le morceau qui lui manque.

MER _ URE
VÉ _ US
TE _ RE
M _ _ S
JUP _ TER
SAT _ RNE
UR _ _ US
NEP _ UNE
PL _ _ ON

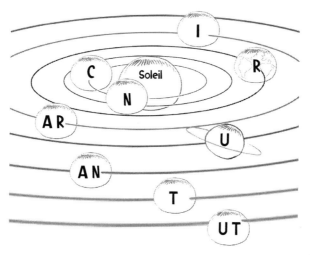

# Robot manchot ?

Il y a sept différences entre l'image du bas et l'image du haut. Trouve-les.

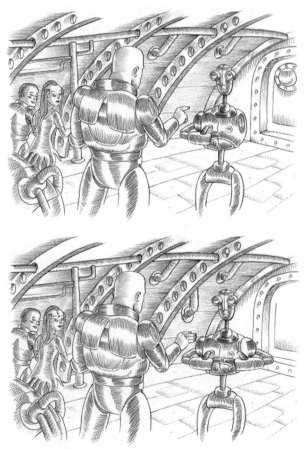

# Top-métal !

Aide Corvin à trouver une main gauche,
un bras gauche, une jambe droite
et un pied droit parmi ces pièces de rechange.

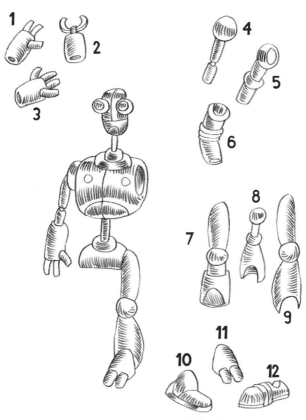

# Le sudoku de Cyborg I<sup>er</sup>

Remets chaque petit carré à sa place dans la grille : tu dois avoir 1, 2, 3, 4, 5, 6 dans chaque ligne, dans chaque colonne et dans chaque grande case.

| 1 | 1 | 1 | 2 | 2 | 2 |
| 3 | 3 | 5 | 6 |

| 3 | 5 | 1 | 6 | 2 | 4 |
|---|---|---|---|---|---|
| 2 | 6 | 4 |   | 5 |   |
| 6 | 4 |   | 3 |   | 5 |
| 1 |   | 5 |   | 4 | 6 |
| 5 |   | 3 | 4 | 6 |   |
| 4 | 2 |   |   | 3 | 1 |

# Bulle à bulles

Que transporte ce Rhu'Hur ?
Pour le savoir, relie les points de 1 à 21
et de A à S.

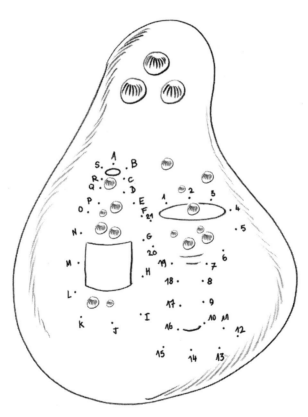

# SOLUTIONS DES JEUX

P. 82 – ROBOTS JUMEAUX : AM, BL, CE, DN, FO, GI, HP, KQ.
Il reste J.
P. 84 – TAS DE FERRAILLE : A4, B3, C6, D5, E2, F1.
P. 85 – LA BOÎTE À OUTILS : X se range dans la case D6,
Y dans la case B3, et Z dans la case D4.
P. 86 – BATAILLE SPATIALE : Le professeur TOURNESOL,
dans Tintin : *On a marché sur la Lune*.
P. 87 – LE FIL DES PENSÉES :
Robin : « Oh ! Gal'Xia, que tu as de jolies oreilles ! »
Gal'Xia : « C'est pour mieux entendre tes pensées, cher Robin ! »
P. 88 – DES PÂTÉS ROUGES… : 7.
P. 90 – OMBRES SUR LA PLANÈTE : 1F, 2C, 3B, 4G, 5D, 6A, 7E.
P. 91 – AUTOUR DU SOLEIL : Mercure, Vénus, Terre, Mars,
Jupiter, Saturne, Uranus, Neptune, Pluton.
P. 93 – TOP-MÉTAL ! : 1, 4, 9, 11.
P. 95 – BULLE À BULLES : Une bouteille et une coupe pleines.

P. 83 – LE SAUT DU VAISSEAU :   P. 89 – … SUR L'HERBE BLEUE :

P. 92 – ROBOT MANCHOT ? :   P. 94 – LE SUDOKU DE CYBORG I^ER :

| 3 | 5 | 1 | 6 | 2 | 4 |
| 2 | 6 | 4 | 1 | 5 | 3 |
| 6 | 4 | 2 | 3 | 1 | 5 |
| 1 | 3 | 5 | 2 | 4 | 6 |
| 5 | 1 | 3 | 4 | 6 | 2 |
| 4 | 2 | 6 | 5 | 3 | 1 |

Loi n°49-956 du 16 juillet 1949 sur les publications destinées à la jeunesse
ISBN 978-2-07-061475-2 – Numéro d'édition : 151938
Dépôt légal : juin 2007 – Imprimé en Espagne par Novoprint (Barcelone)